Tre Hekse

Love Wild

Forlag: Books on Demand GmbH, København, Danmark

Tryk: Books on Demand GmbH, Norderstedt, Tyskland

ISBN: 978-87-7170-445-7

Livet på landet var ofte anset kedeligt af de mennesker, der boede i byerne. De var ikke forkert på den. Der er næsten ikke noget at lave her, og de mest spændende dage var dem, hvor vi ville gå ind til byen for at sælge vores afgrøder og andre varer. Heldigvis, jeg bor i nærheden af to andre gårde og har venner, som jeg har kendt siden jeg var barn. Vi gjorde alt sammen, lige fra at skjule os for at undgå at arbejde i marken til camping i en af vores stalde sammen. Vi var altid på udkig efter noget nyt og spændende at lave, som ikke kom ofte. Så når vi havde fundet noget virkelig gammelt og interessant, lærte vi alt, hvad vi kunne om det. Mit navn er Mary Bixby, mig og mine venner fandt noget helt forbløffende.

Det var begyndelsen af efteråret, og jeg havde mine to venner, Amelia og Virginia, ovre i min families lade. Alle vores forældre var temmelig strenge, når det kom til at have gæster over. Det ville være mindre irriterende, hvis vi var alle stadig børn, men det vat vi ikke. Jeg er den ældste ud af os alle og jeg er tyve år, Amelia er nitten, og Virginia havde lige fyldt atten. Vi boede stadig i vores families huse og vi levede efter deres regler. Det er derfor, vi ofte befandt os i staldene. Vi var ikke Amish eller noget, men vi havde stadig konservative kjoler, der er omfattet os fra hals til ankler. Lad mig fortælle dig, hvor forfærdeligt det er om sommeren. Vi var alle i laden og snakkede, da vi sad i hø og fniste over de søde by drenge vi mødte, mens vi var i byen hele ugen. Selvom det virkelig bare var mig og Amelia der talte med hinanden, mens Virginia sad der stille og roligt og knugede hendes skoletaske. "Jeg tror, at hans navn var Jason! Er det ikke sødt? «Amelia grinede og sprang fra hendes sæde. Okay, det var ikke svært at få os i gang. Farmlivet kunne være så kedeligt og vi boede ikke i nærheden af de andre gårde, der havde de flotte bønder.

Jeg lænede mig ind og tog fat i Amelia hænder og klemte dem. "Hvordan så han ud?" Spurgte jeg ivrigt. Det var en tid, hvor jeg var helt uskyldig og elskede at sladre om dumme ting som drenge. Amelia sukkede med en drømmende udtryk. Hun kiggede på Virginia og løftede et øjenbryn. "Hey! Hvad laver du derovre? «Hun nåede forbi mig som pressede hendes imponerende bryster mod mine. Åh, hvis bare jeg vidste dengang, hvad jeg ved nu. Jeg ville have nydt det mere. Amelia tog Virginia ved hendes håndled og trak hende mod os. "Kom nu!"

Virginia gispede og faldt forover. Hun holdte stadig fast i skoletasken, som om den var lavet af glas! "Jeg, øh ..." Hun satte sig op og komponeret selv og hun kiggede på os. "Jeg fandt noget." Hendes stemme var blød som om hun hviskede til en mus, selvom ingen andre var omkring.

Jeg kiggede på hende sjovt og vippede mit hoved. "Fundet noget?« Mine øjne røg ned på hendes skoletaske og før hun kunne reagere, jeg snuppede jeg den. "Dette?" Jeg dinglede hendes skoletaske foran hende med en legende grin.

Men hun fandt det ikke sjovt overhovedet! "Vent! Giv den tilbage, Mary! "Hun bad og greb efter den. Hun endte i mit skød, da hun så surmulede på mig. En anden forspildt chance på grund af min uvidenhed. Jeg rakte skoletasken tilbage til hende og spidsede mine læber. "Hvad er der i den, så?" Amelia rykkede tættere på og smilede med ophidset interesserede. "Det er ... en bog." Virginia mumlede. Hun havde skulderlangt blond hår og hun havde det altid i en stram bolle og med hvor musefarvet hun var, ville du virkelig tro hun var Amish. Hun var så stille og nervøs hele tiden. Vi havde altid svært ved at overbevise hende til at gøre noget nyt, fordi hun var bekymret over at få problemer eller komme til skade. Amelia gav hende en flad udtryk. "En bog?« Hun sukkede i harme. "Du er den eneste, der kan lide at læse 'så meget, Virginia." Hun tog nogle hø og smed det på den frygtsomme pige.

Den søde blondine slog ud i luften, men hun forblev i mit skød. Jeg var kun tre år ældre end hende, men hun var virkelig som en lille-søster. Efter et øjeblik, tog hun bogen ud af sin skoletaske og holdte den op til mig. Den er rigtig gammel. Låget var lavet af læder og siderne er ikke normalt bog papir, vi har i dag. "B-være forsigtig.« Advarede hun mig.

Jeg åbnede bogen og siderne var fyldt med håndskrevet skrift. Sproget var absolut en-gelsk, men det lignede en temmelig gammel version af det. Da jeg bladede gennem disse sider, gispede jeg og puttede bogen tilbage i skoletasken. "Virgnia! Denne bog handler om hekseri! "Jeg tog skoletasken fra hende og satte den til side efter at have skubbet hende ud af mit skød.

Amelia tog umiddelbar interesse og snuppede tasken og derefter tog bogen. "Hekseri?« Hun gentog og åbnede det op. Hendes øjne lyste op, da hun læste langs siderne, og hun bed sig underlæben. "Det er så cool, mand! Det ser ud som om det er den ægte vare! «Hun hvinede. Da hun endelig så op, syntes hun at bemærke mit udseende af rædsel og Virginia i sin egen afdæmpet nysgerrighed. "Åh, kom nu? I kan ikke fortælle mig er det ikke interessant? Hvad hvis det er en rigtig heks som skrev dette? Det er ... det er historisk! "Hun insisterede.

Jeg rystede på hovedet og nåede at få fat i bogen igen. "Det er Djævelens ord, Amelia!"

Jeg missede, da hun trak sig væk fra mig og rejste sig.

"I kan ikke være alvorlige. Det er ikke så slemt! Se! Uh ... denne side siger noget om at være i stand til at helbrede sår og ting! Måske det var en god heks, der skrev det! "Amelia bladre stadig igennem bogen og skar ansigt en gang. "Okay, godt, ikke alt af det er godt. Men, øh ... se her! "Hun pegede på en side, hun fundet og ledte os over til hende. "Under alle omstændigheder, hvor der er godt og ondt må der være en balance. Én forbandelse der skal brydes kræver endnu en gang en forbandelse er opfyldt. "Hun citerede bogen og furet hendes pande i tanker. "Så, det lyder som om hvem denne kvinde var, hun var sandsynligvis god! Det bare siger, øh ... at selv om der er god magi til at fortryde onde forbandelser, må der være dårlige forbandelser på grund af "balance".

Da hun talte så både mig og Virginia på hende i chok. Det var formentlig den nemmeste passage til at læse i bogen, når det kom til strukturen i sproget, og hun syntes at samle den op så let. Da hun forklarede det til os, begyndte jeg at tro på det! Det gav mening på trods af alt. Selv i søndagsskolen blev vi belært om, at der er altid godt og ondt, og man kan ikke være uden den anden. Den samme teori gælder for disse forbandelser og sådan. Var det virkelig så slemt, hvis en person har brugt disse beføjelser til noget godt? "Åh, Amelia ..." Jeg bed mig underlæben da jeg kiggede tilbage på hende med usikkerhed. "Vi skulle bare holde dette mellem os. I ved? «Hun nikkede kraftigt. "Selvfølgelig! Vores forældre ville blive så gale! Og vi ønsker ikke at blive brændt på bålet. "Hun blinkede, lavede naturligvis sjov, da ikke noget som der havde været lovlig praksis for ... ja, måske et par århundreder. Snakken om det at blive brændt på bålet gjorde at Virginia hoppede lidt, og hun holdt på bagsiden af min kjole. "Måske skulle jeg sætte den tilbage!" Hun hvinede. Jeg henvendte mig til hende og kyssede hendes kind. "Det vil være fint. Jeg lover. Jeg tvivler på, vi kan gøre noget alligevel. Men det vil være sirlige at læse, vil ikke det? "

Den yngre pige kiggede op på mig og sukkede "Ja, jeg har allerede læst nogle. ... Det er interessant. «Hun fremmælede et smil og rettede hendes kjole ud. Amelia blev opslugt i bogen igen, så jeg knækkede mine fingre for at få hende til at være opmærksom. "Vi kan skiftes til at have den" når vi ikke er sammen. Og da du så knyttet til den lige nu, jeg tror du skal tage den først. "Jeg hældte lidt, fordi jeg virkelig gerne vil læse den. Jeg ønskede ikke et skænderi med Amelia. Jeg kunne have været den bedste, men hun vinder altid. Hun var en fighter! Det gav mening, virkelig. Hun var 172 og havde en robust ramme, for ikke at nævne disse saftig bryster. Hun kunne kaste så godt som enhver karl kunne. Hendes hår var endnu længere end Virginias. Ravnens farvede lokker gik ned til hendes talje, og hun tillod de bølgende lokker til at flyde frit. Ud af de tre af os, havde hun de mindst strenge forældre.

Hendes kjole syntes også for lille til hendes figur, da hendes bryster var pral tunge spaltning op øverst.

Når det kom til Virginia, hun var lille og skrøbelig. Amelia og jeg kunne komme oppe og toppes til tider, men ingen af os ville lægge en hånd på lille Virginia. Jeg var lige i midten med en gennemsnitlig krop, herunder beskedne bryster, og lyst rødt hår, som kun nåede til min hage. Men begge var jaloux på mine dybe grønne øjne.

Amelia tog Virginias skoletaske og puttede bogen tilbage i den. "Nå, jeg vil gå hjem, før det bliver mørkt. Jeg er sikker på mor nok skal have middag klar snart. "Hun grinede og vinkede til os ved at vrikke hendes fingre. "Måske vil jeg se jer i morgen.« Hun drillede.

Så var jeg igen sikker på, at hun ville have denne bog, så længe hun kunne.

Senere samme aften efter aftensmaden, blev jeg liggende i sengen i min tynde hvide natkjole, men jeg kunne ikke få tanken om den mærkelige bog ud af mit hoved. Jeg ønsker jeg havde ikke været så rar og lade Amelia have den først. Alt, hvad jeg ønskede at gøre blev læst det og finde ud af, hvad alle det sagt. Hvilken slags besværgelser ville den holde? Ville der være kærligheds magi? Jeg tændte lidt ved tanken om det. Der var et par drenge jeg havde mødt, at jeg ønskede at være mere end venner med, men jeg vidste aldrig, hvordan man score dem, og de helt sikkert aldrig bedt mig. Mine tanker fik til sidst lullet mig i søvn på et tidspunkt. Jeg husker svagt nogle af de drømme, jeg havde, og de var alle om mine sidste tanker inden du falder i søvn. Kærligheds magi. Det er, hvad jeg var interesseret i.

Jeg vågnede den morgen og jeg følte mig mere træt, end jeg var før jeg gik i seng. Mine drømme har hærgede på mit sind og gjorde mig rastløs. Jeg havde brug for den bog! Jeg klædte mig hurtigt i en af mine mange kjoler og kæmmet mit hår. Disse lokker er utæmmelige, men så det var stadig fluffed ud og lidt rodet. Mine røde tråde indrammede mit ansigt pænt, så jeg kunne ikke klage over det.

Jeg gjorde min vej nedenunder og mine forældre var allerede ved at spise morgenmad.

18

Min far kiggede op på mig og løftede et øjenbryn. "Mary ..." Han rømmede sig og vinkede mig over.

Jeg gik hen til ham og smilede lyst. Mens min far var streng, ønskede han os til at forblive smilende så ofte som muligt. En rynke panden kunne være et tegn på manglende respekt. Jeg har aldrig sagt at min familie var normal. Måske er omkring så meget majs gjort folk lidt mærkeligt. Jeg stoppede ved siden af ham med mine hænder foldet foran min krop mod min kjole, og jeg læner ned for at kysse hans kind. "Godmorgen, far."

Han smilede tilbage og kyssede min kind. "Morgen, skat. Jeg ser du kan sove gennem dagen, hvis din mor eller jeg ikke vækker dig. "Han hævede et øjenbryn og så på mig og fortsatte med at spise sin morgenmad. Han ønskede tydeligvis en forklaring. Det var for-ventet af os til at stå op selv efter en vis al-der. Ifølge min far, var alderen fire. "Vi har vækkeure, trods alt ', ville han altid sige. Der kunne have været tidspunkter, hvor jeg med vilje ikke satte min alarm. Jeg var opsat på at gå hen til Amelias hus, men jeg skubbede det til side, hvor min plads var sat og maden ven-ter. Efter jeg satte mig ned i stolen, be-gyndte jeg at spise før at sige noget. "Nå ... mig, Amelia, og Virginia var ude at lege hele dagen." Sagde jeg uskyldigt nok. Selvom det var lidt mærkeligt for en tyve år gammel til at sige hun var ude og "lege", men far kunne ikke lide udtrykket "hænge ud" så meget. "Jeg formoder, at jeg var træt og ikke nåede at indstille min alarm." "Uh-huh. Tænk fremad næste gang, Mary. Det er ikke ved at blive for dig at sove i så sent. «Han gryntede derefter gik tilbage til sin mad efter at give et blik til min mor, bemærkede jeg. Hun smilede til mig og nikkede. "Din far har ret, Mary. Du vil udvikle poser under dine øjne ved at sove sådan. "Hun var ved at blive lidt legesyg, men det hun gjorde altid:" Hvad mand ønsker at gifte sig med en træt kvinde? «Og der var det.

Jeg grinede selvom jeg rullende mine øjne på indersiden. UH. Jeg var ikke interesseret i at gifte mig. Jeg ville bare date og have noget sjovt med drengene, men min mor ville få et slagtilfælde, hvis jeg fortalte hende noget af det. "Du har ret. Jeg vil være bedre til det. "Jeg smilede til dem begge og fortsatte med at spise. Resten af måltidet blev spist i stilhed. At være den gode datter, ville være at jeg er, jeg stod op og samlede tallerkenerne sammen, placere dem i vasken. "Skal du ud i dag, skat?" Min mor spurgte med en sød stemme. Hun havde fået op, så godt, og min far havde allerede forladt plads til at gå om hans morgen rutine. Jeg vendte mig og ser på hende med et smil. Denne ene var ægte. "Uh huh. Jeg går over til Amelia. Måske gå til byen, hvis hendes familie skal derhen en tur. "Selvfølgelig skulle jeg derovre for at komme i besiddelse af bogen. Behovet for det var gnave på mig og næsten driver mig til vanvid med nysgerrighed

"Åh, okay. Vær sikker og komme tilbage før ti i aften. "Hun sagde det så henkastet, som om jeg ikke var ældre end tolv. Jeg har virkelig brug for at begynde at tjene mine egne penge. "Ja, Frue!" Sagde jeg til hende og var allerede på vej mod hoveddøren, hvor et par af mine sko var. Jeg gled dem på, og skyndte mig ud af døren. Jeg greb min cykel fra den ene side af huset og hoppede op på den. Med disse irriterende kjoler, jeg var nødt til at være forsigtige og justere stoffet, så det ikke ville blive fanget og samtidig undgå det at få hiked op og se uanstændigt ud. Det sidste, jeg havde brug for var andre mennesker taler til min far om, hvordan jeg lignede en skøge på en cykel. Folk omkring her er latterlige..

Jeg var hos Amelias efter ca. fem minutter, og parkerede min cykel ud til siden af våbenhuset. Jeg bankede min hånd mod døren, hårdt tre gange. Det tog omkring 20 sekunder eller deromkring, men hendes ældre søster svarede døren. At se den måde, at hun fik lov til at klæde sig, blev jeg mindet om, hvor lempelig deres forældre var. Hun havde det samme ravn hår som Amelia, men hun havde det forkortet og havde lilla striber. Hun var iført et par jeans shorts og en hvid tanktop, der ikke gjorde meget for at skjule sine rigelige aktiver. Hun altid fået mig til at rødme og føle sig lidt genert. Hvis jeg havde været mindre beskyttet, ville jeg have indset, hvorfor jeg følte sådan. Ak. "Åh, hej, Mary." Sagde hun henkastet og trådte til side. "Amy er ovenpå." Kun hendes familie kaldte hende "Amy". Det blev anset for uanstændigt at forkorte fornavne som. Alt var uanstændigt, tilsyneladende. "Tak, Catherine!" Jeg hvinede ud med et lyst smil, da jeg trådte ind. Hun sukkede og sagde. "Det er Cat." Hun insisterede på en pudsig stemme.

Endnu et andet navn jeg ikke tør forkorte. Så jeg bare nikkede til hende og vinkede, da jeg ledes ovenpå til Amelia værelse. Jeg bankede på hendes dør to gange og fik ikke noget svar. Hun havde ikke åbne den, og hun ringede ikke for mig at komme ind eller endda holde sig ude. Hvor uforskammet! Jeg bankede atter og hørte en svag, "Uh huh ..." Jeg åbnede døren på det og gik i, så lukkede den bag mig. "Amy?" Jeg kurrede på en drillende måde, da hun vidste, at jeg aldrig kaldte hende det. Jeg grinede lidt, men da jeg så hende, jeg sprang jeg op. Hun så helt udmattet! Hendes hår var rodet og mens hun ikke var i hendes samme kjole, hun netop havde hendes trusser. Før jeg vendte mig bort, så jeg bogen mellem hendes ben, som hun sad der. Det lignede hun var nær midten af det. Jeg hurtigt vendte sig bort og ryddet min hals. "Uh ..."

Jeg ved ikke, om hun kiggede op på mig, men hun talte. "Åh, hej, Mary." Hun sagde, som om det var den mest normale ting i verden, at hun var nøgen på sin seng læse en bog om hekseri. "Uh, Amelia? Har du ... sovet? "Jeg satte spørgsmålstegn i bekymring. Jeg følte også en mærkelig snurre langs min krop. Mine brystvorter pressede mod min kjole. Busten af kjolen forudsat støtte, så jeg ikke behøver at bære en bh med det, men stoffet havde ikke meget i tider som denne. "Huh? Åh nej. Jeg har læst "denne bog. Det er en fantastisk ting, Mary. Kom her. «Hun insisterede og jeg følte jeg kunne fornemme hendes blik på mig nu. "O-okay. Men skulle du ikke få lidt tøj på? Heh. "Jeg forsøgte at lyde munter. Hun sagde igen. "Bare kom her." Hendes stemme var mere alvorlig, og det lød som en kommando. "Du ved ... Jeg læste om en magi, der kan styre en person kortvarigt. Du må ikke få mig til at bruge den. "Hun drillede mig, men derefter følte jeg hun ville gøre det, hvis hun kunne. Jeg hurtigt vendte mig om og så på hende med bekymring. "Haha, rigtig sjovt." Sagde jeg tilbage som jeg gik hen til hende og satte mig på den anden side af sengen. Jeg bed mig underlæben og holdt min opmærksomhed på bogen. Hun skævede over til mig og fniste. "Jeg kan se dine hårde brystvorter, Mary. Hva .. Gjorde synet af min søster dig våd igen? "Jeg kunne ikke tro, hvad hun sagde. Jeg havde aldrig sagt noget om hendes søster før. "Hvad?" gispede jeg ud og rødmede dybt. "Uh huh. Jeg ser den måde, du ser på hende. Du vil sandsynligvis ikke få det, alligevel. Jeg har altid vidst, du kunne lide piger, selvom du ikke selv tror det. Det ville være rigtig beskæmmende, hva '? "Hun grinede og skubbede bogen til side og kravlede over til mig. Mine øjne gik til hendes krop endeligt og jeg lavede en blød lyd, selv jeg ikke forstår. "Jeg ... hvad? Amelia! Hvad er der galt med dig? "Hun rakte ud og strøg hendes fingre over mine dækkede brystvorter. De fik blev endnu mere stive og følsomme som hun rørte dem, og jeg kunne ikke trække mig væk fra hende. "Mn? Slet ingen ting. Jeg har altid syntes, du er smuk, Mary. Og jeg var læste denne bog hele natten. Den siger meget om søsterskab og ... at nyde «hinanden. Det hjælper på magten i magien. "Hun lænede sig ind til mig og kyssede min kind let.

Hendes læber føltes som en fjer kildede min hud. "M-magi? Amelia, du er ikke ... Jeg mener ikke du ... "Hun var ikke en heks! Hvad var hun i gang med som hun forstod? Min ånde var blevet lidt tungere og jeg klynkede. "Vi kan. Mig, du, Virginia ... "Hun mumlede og nåede op, strøg min kind forsigtigt. "Føles det ikke rigtigt? Vi kan faktisk være noget, Mary! I stedet for kedelige gård piger. Er det ikke det, vi har ventet på« »Jeg mener, godt ..." Jeg var ikke meget god med ord på det tidspunkt, og jeg var frygtelig ophidset af min egen bedste ven! "Det ville være interessant '..." Indrømmede jeg blidt og lukkede mine øjne. "Så behøver vi ikke handle så dumt!" Hun fniste og pludselig var hendes læber imod mine. Hun kyssede mig! Og det var langt. Hendes fingre strøg over mine brystvorter stadig, og hun tvang mine læber fra hinanden med tungen til at skubbe den ind. Det kys var rodet da vi var begge nye til det, og vi blev begge tændte. "Åh, Mary ... kun Cat er hjemme. Lad os få noget sjov for en gangs skyld. «Hun kurrede og skubbet sig ind i mig, tvinger mine ben åbne, så hun kunne være mellem dem. "Jeg er træt af bare at røre mig selv om natten. Jeg kom mindst syv gange sidste nat, og denne morgen «. Jeg er bare så liderlig. "Hun slikkede på mine læber blidt. "Amelia ..." Jeg åndede ud, og lænede mig tilbage mod det ene hovedgære. Jeg følte mig svag og uklar som om min slids mellem mine ben bankede og mine brystvorter gned mod stoffet af min kjole. "Jeg vil gøre så du føler dig godt tilpas." Amelia grinede og trak ned i toppen af min kjole og blottede mine bryster. "Mn, så sød, Mary. De er mindre end mine. Kun Virginia har mindre bryster, men jeg kan lide dem på denne måde. «Hun var tydeligvis ivrig og jeg har aldrig hørt hende tale sådan! Jeg surmulede lidt og bed mig underlæbe let. "Du skal ikke sige, Amelia. Det er middelværdien ... "Jeg protesterede i forlegenhed. Jeg var altid jaloux, at mine bryster var ikke så store som hendes. Hun brugte den lange, våde flade af tungen til at slikke over min brystvorte og bladre det et par gange, mens hendes anden hånd drillende rullet min ensomme brystvorte under hendes fingerspids. Hun kiggede op på mig alt imens hun leget med mine små knapper. Efter et par slik, begyndte hun at sutte på min brystvorte fast og stønnede imod det af lyst. "Det er ikke ensbetydende med ... Jeg elsker dine bryster, Mary." Hun flyttede hovedet og placerede hendes hoved mellem mine bryster! Hun knugede sig mod dem og slikkede langsomt over dem. Begge hendes hænder havde travlt med at presse mine brystvorter. "Gør jeg dine trusser våd?« Hun fniste.

Jeg kunne ikke lyve for hende. Det havde jeg ikke lyst til. "J-ja ... Jeg kan mærke dem klamrer sig til mine læber." Jeg indrømmede det til hende. Jeg spredte mine ben mere og selv trak min kjole op for at vise hende min hvide trusser. De var helt klart fugtig over min slids og konturerne af mine læber var let at se. Da hun endelig kunne frigive sig fra mine bryster, med hendes spyt, og lænede sig tilbage for at se på mig. "Ohh, ja." Amelia nåede ned og langsomt strøg hendes fingre over midten af mine trusser, hvilket gør dem gnider mod mig. Hun fandt den lille knap, der er min klit og begyndte stryge over den specifikt. "Er det sådan du rører dig selv?" Jeg nikkede. "J-lige der. Jeg gnider lige der. "Der var ingen vej tilbage. Jeg elskede hvert øjeblik af hendes berørelse som jeg sad der med min kjole oppe og min ben spredte, mine bryster fremme fra toppen af min kjole. »Og ..." Hun trak langsomt mine trusser til side og sagde stønnende. "Fuck. Åh, Mary. "Hun stønnede og strøg hendes fingre over mine nøgne læber. "Din fisse er så sød! Så pink! "Hun gispede og fandt min klit igen.

Hendes fingre havde fundet en måde at få hjelmen af min klit af vejen, og hun gned den direkte. "Jeg kan lide, når du taler sådan." Jeg stønnede ud og nåede op til sengestolpen, følte behov for at holde på den, som hun fik mig til vride sig. Uventet, sprøjtede min fisse lidt og fik på Amelia håndflade. "Oh! Gah ... "Hun smilede til mig og løftede håndfladen op for at vise mig, hvor klistret det var. "Du laver noget rod, Maria.« Hun drillede mig derefter presses hendes fingre mod mine læber. "Lad os smage dig." Hun lænede sig ind og kyssede mig igen, mens hun arbejder med en finger mod mine læber. Jeg vendte tilbage kys og også smagt mig på hendes finger med hende. Vi stønnede sammen og hendes bare bryster blev presset mod min nu. Hendes brystvorter gled mod

min, hvilket fik mig til at stønne kraftigt.
"Amelia ..." Jeg slikkede hendes finger og
suttede på spidsen. "Jeg er laver sådan et
rod på din seng." "Det er rigtigt. Jeg kom
over det en masse i aften. "Hun grinede igen
og satte sig tilbage for at få et godt kig på
mig. "Åh, du ligner en hore." Hun bed sig un-
derlæben. Hun nåede ned og sprede min
fisse med fingrene, dyppe hendes langfinger
indeni. "Så stram!" Selv om hun sagde det,
arbejdede hun i en anden! Jeg hævede min
ryg og bukkede mine hofter lidt. "Åh, vent!"
Jeg gispede i overraskelse. Jeg har ikke haft
mine fingre inde i mig selv og Amelia havde
en hel anden vinkel på mig, end jeg selv
havde, når jeg rørte ved mig selv. Jeg for-

søgte ikke at stoppe hende. Det føltes fanta-stisk. Jeg var bare flov over, at jeg nød det så meget.

Selvfølgelig ville hun ikke vente. Hun fort-satte med at give mig finger, da hun fnisede og stønnede. Hun nyder det til mere end blot seksuel nydelse. Jeg kunne se, at hun nyder mine uoprigtig protester, da hun fik mig vride sig og klynke. Så nåede hun tilbage til min ankel og rykkede på det pludselig, tvinger mig på min ryg med benene op i luf-ten. "Der gør vi ..." Hun spandt og med mine hofter og ben op, lænede hun sig ned og hendes tunge begyndte at mæske sig af min fisse uden tøven.

Jeg bed mig underlæben igen og klynkede. Følelsen var utroligt! Jeg var så klistret og våd, at jeg ønskede at bede hende stoppe.

36

Det var så beskidt at lade hende slikke op alt dette utugtig ophidselse. Men hun gjorde det med entusiasme og stønnede som om jeg var en prøvesmagning. Jeg greb i lagnet og vippede mit hoved tilbage. "Amelia ... det er ... vi kan ikke!" Jeg insisterede, men samtidig spredte jeg mine ben mere.

"Mener du det? Din fisse er næsten et springvand. "Hun drillede og lod mine ben falde ned. Efter hun gjorde det, hun trak sine egne trusser ned og fra. »Her, jeg er stadig klistret med min saft fra tidligere.« Hun mumlede og rykkede fremad og holdte mig nede. Før jeg vidste af det, var hun over mit ansigt og hendes ophidselse dryppede ned på mine læber. "Sig til, hvis du har behov for luft." Hun fniste endnu engang og sænkede sig, så hendes opsvulmede kusse læber var imod mine læber. Hun havde virkelig arbejdet sig selv rå.

Jeg kunne ikke dy mig. Min tunge gled fra mine læber. Jeg pressede min tunge op og følte det faktisk røre ved hendes indre vægge lidt. »Nn ..." Jeg stønnede mod hende og begyndte at die på hendes læber, så godt, at give dem små stød, som hun syntes at nyde. Hun bukkede imod mig hver gang jeg slikkede på hendes kusse læber. Jeg nåede også op og fandt hendes klitoris. Jeg skulle til at få hende vride sig som hun gjorde mig! Jeg trak op i den lille hætte af hendes klitoris og suttede på den lille knap direkte. Hun sprøjtede ind i min mund! "Mm!" Jeg lappede saften i mig. Så følte jeg hendes berøring på mig en gang mere.

Hun skubber sine fingre ind i min spalte og brugte dem til at give mig finger hårdt. Hun maste mod mit ansigt og gjorde det svært at trække vejret. "Åh ja! Mary! Slik min fisse! "Hun råbte, da hun bukkede imod mig. Hendes fingre stak dybt ind i min, og hun gjorde det hårdere og hårdere. Jeg følte mig tæt på mit bristepunktet. Lige før jeg næsten skreg, jeg følte hendes fugtighed hæld på mit ansigt, da hun sprøjtede tungt og skubbede sig ned nogenlunde sørge for jeg drak også så meget som jeg kunne.

Det er, hvad var for meget for mig. Mærke hendes klimaks mod mit ansigt fik mig til at rette min ryg, da jeg kom hårdt og sprøjtede så godt. Dette var det første jeg nogensinde gjort noget lignende, og jeg kunne ikke tro hvor utroligt det føltes! Jeg kunne mærke

39

mine indvolde trækninger og dunkende, da jeg gik igennem min tunge orgasme, indtil jeg lå tilbage. Hendes fisse var stadig mod min mund, og jeg gav den et par bløde slik og et suk. "Gosh ..."

Amelia stønnede og gled langsomt væk. Hun var målrettet trækkede hendes fisse ned af min krop og gøre den klistret. Hun smilede til mig og kyssede mig. "Mn, vi har startet et dejlig søsterskab, Mary.« Hun spandt. "At mærke denne ecstasy er ligesom det er en del af at være en heks. Er du stadig med på det? «Hun så ind i mine øjne, da vores kroppe blev presset mod hinanden.

Følelsen af hendes brystvorter glide mod min var nok til at forsegle min beslutning. "J-ja. Jeg er. "Jeg nikkede og smilede svagt.

"Godt." Hun kyssede mig dybt igen og let strøg hendes fingre over min rodet hår. "Gør dig anstændigt. Lad os få, Virginia. "

Efter at vi fik ordet hår og blev påklædt, tog vi så ledes over til vores vens hjem. Vi begge bankede på døren et par gange, vel vidende, at hendes forældre ikke var hjemme, da deres bil var væk. Det tog ikke lang tid for Virginia at svarede. Hun smilede lyst, da hun åbnede døren. "Oh! Hej, I to! «Hun klemte sig ud og trådte ud af døren, lukker den bag hende. "Jeg havde ikke forventet nogen af jer i dag.« Hun skævede til Amelia og fniste. "Jeg kan ikke tro, Mary fik dig væk fra den bog!"

Amelia grinede og tog et skridt fremad. "Åh, fandt hun en måde.« Hun fniste.

Mine øjne var udvidet og jeg puffede Amelia væk fra Virginia. Den bog virkelig havde ændret hendes væremåde. Jeg havde ikke forventet hende at være så ferm med vores uskyldige ven. Forhåbentlig lagde hun ikke mærke til det. "Alligevel mener Amelia at, hun havde fundet en måde at gøre nogle af de ting i bogen. Men en masse af det tager mindst tre personer. "

Amelia nikkede. "Ja, om magt og alt det der." Sagde hun henkastet, som om hun vidste alt, hvad der var at vide om det. Hun kiggede stadig på den stakkels pige på en mærkelig måde.

"Gør noget af det? Udføre ... trolddom? "Virginia peb ud og flyttet på hendes fødder. "Jeg-Jeg ville bare læse den. Jeg ville aldrig bruge den til at ... "

"Nå men det gør vi." Amelia afbrød dem stammende pige. "Så, vil du hjælpe os? Hvad nu hvis vi dør fordi du ikke var der til at hjælpe? «Hun foldede sine arme og gav den unge pige et blik, der altid gjorde at hun faldt som et korthus.

"Amelia! Jesus. "Jeg sukkede, og rystede på hovedet. Før jeg kunne sige mere for at forsvare lille Virginia, hun talte op.

"O-okay." Sagde hun stille og bed sig underlæben. "Men vi kan ikke gøre noget dårligt. Okay?"

Amelia grinede, helt tilfreds med sig selv. Jeg har aldrig forsøgt at manipulere vores ven som hun altid gjorde. Selvom jeg var altid lidt imponeret over, at det hele tiden har fungeret i årenes løb. Jeg kunne ikke tænke på en tid, hvor Virginia faktisk nogensinde har sagt nej til Amelia. "Okay, lad os gå hen til din families stald, da de er ikke hjemme alligevel. Du bed, hvis noget går boom. "Hun lo og begyndte at lede vejen til laden ikke alt for langt væk i det fjerne.

"Boom?« Den yngre pige kiggede på mig med store øjne og jeg bare puffede hende til for at få hende til at følges sammen med mig og Amelia som førte an.

"Der vil ikke være nogen" boom "." Jeg forsikrede hende og rystede på hovedet.

Da vi kom ind i laden, lukkede Amelia døren bag os og tog bogen ud. "Okay! Hvad skal vi lave først? «Hun satte sig ned på jorden og begyndte at bladre gennem siderne.

Virginia og jeg begge sad, så godt, med den yngste pige mellem os. Hun kiggede over på bogen og vippede hovedet. "Nå, hvad alle har det? Hvis det endnu virker ... "Hun bed sig underlæben.

Amelia sagde ikke noget et øjeblik, så stoppede hun på en side og lagde sin finger på det. "Nu sker det! Jeg er sikker på denne her ville fungere! "Som Virginia lænede i at tage et kig, vores ældste ven trak hende med den ene arm, da hendes anden hånd pludselig gik til hendes beskedne bryster og famlede på dem.

"A-Amelia!" Hun gispede i chok og forlegen-hed. Hun blev sprællende og skubbede sig væk, men Amelia havde en stærk greb om hendes mindre krop.

"Vent lidt se nu!" Hun strøg og famlede den vridningende pigens bryster, da hun bragte hende opmærksom på det, hun læste / "Et organ ekstraudstyr stave! Sandsynligvis at gøre folk større eller mindre, men det ser ud som om vi bare kan gøre kropsdele, også. "Hun griner og klart fik styr på Virginias brystvorte som hun trak på det. "De er så små, Ginny. Vil du ikke have dem større? "

Den unge piges ansigt var skyllet en mørk rød, og hun klynkede. "Stop det, Amelia! Jeg … Jeg vil ikke have dem til at være større. «Hun huffed insisterende.

Amelia udgivet pigens bryst, og vi kunne nemt se hendes stive brystvorter presset mod stoffet i hendes kjole. Hun bar noget lysere i dag, så stoffet ikke var undertrykkende. "Men de ville se så sød! C'mon, gøre det for mig? Jeg er kun laver, hvad der er bedst for dig. Vil ikke finde en ægtemand med sådanne små bryster. "

"Du kan ikke sige sådan noget!" Jeg insisterede med en vred tone. "Hun-" Jeg standsede mine ord, når vores nye holder af bogen indsnævret sine øjne på mig.

"Pas dig selv, Mary. Jeg kender vores søde pige her vil gerne have nogle flere aktiver! Ret, Ginny? "Amelia strøg pigens kind let og smilede nogensinde så sødt.

"Jeg ... v-godt. I orden. Bare en smule! Jeg mener ... hvis det overhovedet virker! Det vil det sandsynligvis ikke. "Det lød som hun prøvede at forsikre sig mere end hun ikke mener, at magien ville fungere. Så igen, ingen af os havde en grund til at tro alt dette var alt andet end nonsens. Jeg troede.

"Åh, det vil det! Jeg prøvede et par enkle ting i aftes. Jeg gætte på, jeg er begavet. "Amelia sagde med sådan selvtilfredshed, at jeg troede på hende. Hun lagde sin hånd mod hendes bryst og hendes øjne flagrede som om hun forsøgte at charme nogen.

"Hvad gjorde du så?" Spurgte jeg i et gisp.

Hun rystede på hovedet. "Det er ikke vigtigt. Hvad der er vigtigt er at få vores lille Ginny her udstyret med nogle saftig bryster. "Hun fniste og puffede den mindre pige. "Du skal tage din skjorte af, fjolle. Hvad hvis det virker, og du vokser ud af dit tøj?

Hun blinkede og vippede hovedet. "Gee, jeg tror ikke, det ville være så slemt.« Hun mumlede, men nikkede. Hvad hvis de fik alle mast og trange? Den nervøse pige rystede lidt, men fjernede hendes kjole. Hendes bevægelser var tøvende og langsom, indtil det var op og slukket, og hun lod det falde på gulvet. Hun var iført enkle hvide trusser og nogle strømper. Hendes bryster var ikke store nok endnu til at bruge en bh, og hun var atten! Hun lagde armene over dem og stirrede ned i jorden.

"Ah-ah, dum!" Amelia irettesatte igen. "Du skal ikke dække dem, vi har brug for dem!" Da hun fik armene væk fra hendes bryst, hun skamløst kærtegnede hendes fingerspidser over pigens små brystvorter. De blev hurtigt stive og Virginia klynkede. "Åh, du ikke bekymre dig, Ginny. Dette er blot en forberedelse. «Sagde hun. Jeg var ikke sikker på, om hun løj eller ej, men jeg ønskede ikke at sætte spørgsmålstegn ved hende igen. Der var noget om den nye Amelia, der gjorde mig urolig.

Virginia stønnede sagte og bed sig underlæben som Amelia leget med hendes brystvorter. "O-okay. Det føles ... nice, selv om. «Hun vrikkede lidt og vippes hovedet tilbage.

Den ældre pige havde alt for meget sjov med hendes vens reaktioner og begyndte at rykke på sine små brystvorter før hun lod dem gå. "Mn, okay. Så ... denne ene. Jeg bare nødt til at sige disse ord og sætte magt bag dem. Hun begyndte at læse ud af siden på en old engelsk, der omfattede ord, der skulle være på et andet sprog. Da hun gjorde det og hendes hænder rakte ud til at forstå begge Virginias bare bryster. Hun let gned sine håndflader mod dem og gentog den lange perlerække af ord igen og igen. En meget svag lilla lys omkranset hendes hænder og derefter dækket den unge piges bryster!

Jeg åbnede min mund for at sige noget, helt i chok. Jeg undlod dog. Jeg havde ingen idé om, hvad der foregik, eller hvad der kunne ske, hvis jeg afbrød hvad Amelia gjorde. Klart noget foregik. Jeg har lige set i ærefrygt da den tilsyneladende magiske begyndte at indhylle min uskyldige ven. Den skræmmende del var, at det gjorde ligne Amelia havde en slags iboende talent for dette. Det kunne ikke være let at bare hente en tryllebog og begynde at øve magi!

Den unge pige, der var målet for magi kiggede ned på sig selv med store øjne. Det lignede hun ønskede at flygte, men blev frosset på plads. Hun var altid en sød, sund pige. Hekseri eller noget af samme var en skræmmende fortælling til hende, men her var hun. Hendes bryst steg og faldt tungt og efter nogle få øjeblikke, hendes bryster langsomt blev synligt større og svulmede i størrelse. De voksede store nok til, at de tvunget Amelia fingre til at sprede sig omkring dem at være i stand til at holde dem. Efter et par minutter af en gradvis voksende, vores nye heks stoppet støbning af magi og Virginia blev efterladt med, hvad der skulle være DDD bryster. Hun kiggede ned på sig selv i chok og begyndte at græde! "Jeg-Jeg kan ikke tro ...! Dette var så forkert, Amelia! "

Den nyligt vækket heks og den unge kvindes bryster og kiggede på hende sultent. "Forkert? Er de ikke store? Måske er du nød til at købe noget nyt tøj, men ... vil ikke have problemer med at finde en mand. Og er ikke dine forældre allerede er på dig om finde 'nogen til at gifte sig? «Hun klukkede. "Du skal bare se mere ud som en kvinde nu." Den bange pige græd stadig som Amelia talte, så heksen lænede ind og kyssede hendes læber blidt. "Shh, shh. Det vil være fint. Her vil jeg vise jer hvordan man kan gøre det.

Jeg sad stadig på sidelinjen, målløs. Før mine øjne denne lille barmet pige var blevet større end selv mig! Hendes brystvorter så så bløde, at jeg ønskede at sutte på dem og give dem en slikker. Jeg rystede på hovedet og kasserede sådanne tanker. Amelia var én ting, men lidt Virginia ?! Så igen, Amelia syntes at have nogen problemer med at manipulere pigen til at passe hendes behov. Hun lagde forsigtigt den storbarmet skønhed ned på noget hø på jorden og sørget for hun havde armene over hovedet for at strække sin krop lidt op. Virginias enorme bryster hoppede og svajede som hun flyttede og var positionering på gulvet.

"A-Amelia, hvad laver du?" Hun mumlede ud med sådan en sød trutmund på hendes læber.

Som svar, vores ældre ven sad ved siden af hende og lagt på hendes side. Får dig til at nyde disse, Ginny. Vi er nødt til at ... bryde dem ind. "Hun fniste og begyndte at kysse på en af pigens bryster. Hendes læber bugserede sammen indtil hun fik brystvorten og gav placeret et blødt kys på den. Efter at bemærke, hvordan uskyldige bondepige gøs og klynkede, begyndte hun at sutte på den lille knap som hendes anden hånd greb en anden stor tit. Hun famlede og klemte fast som hendes hoved løftet op for at slæbebåd på hendes brystvorte med hendes læber før lade gå med en pop. "Mm, disse er fantastiske«, skat. Jeg spekulerer på, om din lille fisse er våd ... "

De utugtige ord forårsagede Virginia til at sidde lidt op, men med Amelia over hende gerne, at hun var nødt til at sprede hendes ben til at stabilisere sig. "Du skal ikke sige sådan noget, Amelia!" Hun gispede. Hendes kinder blev skyllet røde og hun følte sig så frygtelig flov igen.

Amelia løftede panden og nåede under den unge piges taljen og op hendes lår. Det var klart hendes fingre havde mødt deres destination, fordi det fik et gisp fra Virginia, og hun spredte benene mere. "Jeg kan ikke?« Den unge heks endelig besvaret, da hun strøg hendes fingre ad Virginia trusser.

"H-hvorfor jeg har lyst til det? Jeg har det så varmt, og ... ah ... ikke gør det, Amelia. Du får mine trusser helt snavset. «Hun surmulede og kiggede mellem hendes ben. Jeg var overrasket over, at selv loyale Virginia ikke var at beskytte det, Amelia gjorde indtil øm- skindet kvinde talte.

"Bare rolig, Ginny. Jeg har lige tilføjet lidt ... oomf til magi. For at gøre dig mere indsigtsfulde til min berøring. Jeg ønsker ikke at have at pin dig ned. "Hun fniste og trak trusserne til siden. "En stram lille fisse. Endnu mere end Marys! "

"Amelia!" Jeg gispede, både forvirret og lidt fornærmet. Jeg havde også modet til at sige noget endeligt. "Hvordan gjorde du det også?" Jeg spørgsmålstegn og sænke mit blik, føler også dæmpet til at se denne nye kvinde i øjnene.

Nu hendes fingre strøg i Virginias lyserøde læber, da den ældre pige kiggede til mig. "Åh, jeg skulle have sagt noget, jeg gætte! Jeg læste op på gammelt familie historie ... mest bøger mor og far havde låst væk af eller anden grund. Ligner den grund er, at vi har nogle hekse tilbage i stamtræet og mine forældre er så pokkers overtroiske og lort, som de gemte det fra mig. Så ... "Hendes langfinger presses ind pigens lille slids, hvilket fik hende skrige og læne sig tilbage igen. "Jeg havde noget talent hele tiden«. «

"Nnn! Ja, Amelia! Rør mig mere ... I elsker det. "Den næsten nøgen pige på jorden blev sprællende med benene spredt bredt nu. Hendes egne hænder leger med hendes enorme bryster og gned over hendes brystvorter og rykke på dem ivrigt, da de blev stive og hævede med ophidselse.

Jeg er stadig overrasket scenen, men jeg begynder at gnide mig over mine trusser og kjole, da jeg ser dem. Indflydelsen som Amelia havde over Virginia var ydmygende. Hun var altid leder af vores trio, men nu var det, som om hun var fremtrådte i sin stilling og gjorde os underdanig til hende. Jeg fangede et blik fra en meget selvsikker kvinde, og hun smilede til mig, som hun tilføjede en anden finger inde i vridning pige under hende. "Amelia, vent ... vi burde ikke" Jeg mumlede og bed i min underlæbe, da hendes hånd gled væk fra den storbarmet unge pige og hun holdt den op for at vise, hvordan klæbrig og beskidte hendes fingre var.

"Mn? Hvad vil du have, Mary? Ah, hvad med den dreng i byen ... Tyler? «Hun fniste og gled ned mellem Virginias ben mens hun talte. "At få 'ham til at blive tiltrukket af dig er en temmelig simpel magi, faktisk. Selvom ... "Hun giver hende partners kusse læber en let kys og begynder at sutte på dem forsigtigt. "Mn, selvom det tager nogle fysiske komponenter." Mellem talen, hun dier på Virginias læber og leger med sin lille klitoris. "De er ikke svære at få."

"Amelia! D-du skubber din tungen i. Det er så varmt ... s-så våd. "Virginia stønnede og buet sig tilbage, opfordrer den ældre kvinde til at glide hendes tunge ind i hendes stramme slids.

I stedet Amelia nåede op og trak hætten af hendes klitoris tilbage, giver det nogle ond-skabsfulde tunge surringer, hvilket gør hende næsten skrige og græde med tak. "Du skal ikke fortælle mig, hvad jeg skal gøre, Ginny." Hun brummede til hende, og Virginia hurtigt beroligt og hvilede hendes hofter på jorden, da hun klynkede og surmulede.

Jeg kiggede over til Amelia og furet min pande. "Komponenter? Ligesom hvad? "Mine fingre fortsat presse mod mine trusser, indtil jeg finder mig selv glide dem under stoffet og gnider direkte. "Nn ..."

"Din søde væsker.« Hun kurrede og skubbede to fingre tilbage inde Virginias stramme indgang. Hun råbte skarpt og stønnede højlydt, da hun fik finger af den ivrige heks. "Og noget af hans. Jeg ved, du fik stadig, at tørklæde af hans, at han tilbage i laden ved den sidste vinter samling. "Hun fniste og gled op Virginia krop til at hvile hendes trusse dækket fisse på hendes ansigt. "Start med at slikke«, Ginny. «Hun sagde det hårdt. Den unge pige lyttede og begyndte at bevæge sit hoved til at glide hendes tunge langs Amelia trusser. "Mm ..."

Jeg rødmede mørkt. Hun havde ret omkring tørklædet og synet før mig hjalp ikke den varme snurren i hele min krop. Mine ben blev spredt og mine trusser blev trak til side nu, som jeg klart strøg mine fingre over min glatte fisse. "Jeg ... Jeg kan gøre det." Det lykkedes det mig at sige, chokeret over min egen vilje til at prøve. "Det ville gøre han ville have mig?"

Hun nikkede og vippede hendes hofter mod Virgnia ansigt. Ved nu, havde den unge pige trak trusserne til side og blev ivrigt lapning af hendes vens fisse. "Mn! Ja ... han vil ikke være i stand til at tage hænderne ud af dig. "Hun grinede og så mørkt på mig.

Jeg bed mig underlæben og begyndte at stønne. Jeg var allerede tæt på! Så jeg holdt gående endnu mere groft og ivrigt som jeg så leder af vores gruppe ride min stakkels, uskyldige vens ansigt. "A-okay ..." Jeg stønne og bøjede min ryg.

Jeg lagde mærke til, da jeg gjorde det, Amelia sukkede i nogle ærgrelse og gled ud af Virginia, hvis ansigt var glinsende og klæbrig. Hun slikkede på hendes læber og begynder at gnide hendes klitoris, mens hun trak i hendes brystvorter individuelt som om at forsøge at malke hendes enorme bryster. "Kom ikke endnu!" Vores øverste heks hvæsede af mig og greb en glasbeholder fra hendes taske. Hun holdt den lige under min fisse og næsten spandt på mig lød det som. "Mn, du skal sprøjte det hele heri. "

Jeg kiggede på hende tøvende men var for vakt og nysgerrig til at argumentere. Jeg begyndte at dyppe mine hænder mellem mine lyserøde læber, og jeg leget med en alt for følsom spot inde indtil jeg vaklede over kanten. "Oh! Gud! « Jeg råbte ud og kom, sprøjtede ned i beholderen, som hun fortalte mig at. Jeg hørte utugtig klistrede lyd og den lille stænk fra den rammer glasset. Min klæbrig væske dryppede ned ad siderne og noget af det missede fuldstændigt og ramte Amelia.

Hun var ligeglad, hun begyndte at slikke sin hånd. "Mn, god pige. Vi vil gøre det i morgen eftermiddag. Kommer han ikke ned med sin familie i morgen aften for at få nogle afgrøder? "Hun gav mig en ond grin.

Det hele sker så hurtigt! Jeg nikkede og trak min kjole ned over mig selv. "Jo, han er ..."

"Så vil vi se, hvor godt det virker i morgen!" Hun lagde et låg over beholderen og vendte hendes opmærksomhed på Virginia.

Resten af natten var slags en sløring. Jeg ved, at hun fik vores ven i klimaks mindst ti gange, indtil hun var udmattet og høet under hende var et klæbrig rod sammen med hendes lår. Hendes brystvorter blev rå og rød og hver lille touch til den struktur i hendes kjole fik hende til at klynke og jamre i nød. Noget var helt sikkert sket for os og Amelia var den eneste, der kunne styre det. Jeg skulle have fortalt nogen om, hvad der foregik med os, men jeg ville gerne have det med Tyler til at virke. Han lagde aldrig mærke til mig og jeg tvivler på han nogensinde ville medmindre han blev overtalt.

Den næste dag, mødtes vi alle i min families stald i den tidlige eftermiddag. Jeg havde taget det tørklæde med fra i går aftes, og satte det ned foran Amelia. Det virkede som Virginia ikke havde fået nogen nye klæder endnu, fordi hendes kjole knapt indeholdt hendes forstørrede bryster og så ud som de blev klemt næsten smerteligt sammen. Jeg kunne tydeligt se hendes strittende brystvorter igennem stoffet, truer med at sprænge ud! Jeg kunne ikke tænke på hende sådan, skønt! Så jeg vendte min opmærksomhed mod Amelia der var på udkig gennem bogen allerede. "Er det alt du har brug for?" Jeg satte spørgsmålstegn med bekymring, håber der var ikke meget andet til den. Jeg havde ikke noget andet at give!

Hun kiggede over til mig og nikkede. "Jep. Kom så, lad os sidde i en cirkel. "

Både Virginia og jeg gjorde som hun sagde, og satte sig ned i en lille cirkel lavet af tre. Virginia placerede tørklædet i midten og tog den lille glasbeholder, der havde min ophidselse i det stadig.

Jeg rødmede og kiggede væk som Amelia åbnede den og hældte det over tørklædet.

Hun tog bogen i hendes skød og slog op på en side, der virkede lidt ... slidt. Kærligheds magi som dette må have været populær dengang eller noget. "Okay, tjenere, hold i hånd.« Hun smilede til os begge og lo stille og roligt.

Jeg spidsede mine læber og så på hende og indsnævret mit blik, men Virginia smilede forlegent og gjorde, som hun fik at vide. Vores hænder mødtes og vi lænede os tættere på hinanden.

Amelia rømmede sig og begyndte at synge i fremmede ord, som hun ikke kunne eventuelt forstå. I hvert fald ville det være utroligt, hvis hun gjorde det. Dette var begyndt at føle sig farligt som jeg lyttede, men holdt stadig. Chanting fortsættes i mindst fem minutter, og hendes stemme blev stærkere og stærkere. Jeg var taknemmelig for at mine forældre var på besøg en andens gård eller de ville helt sikkert her Amelia udøver! På højden af ceremonien, tørklædet pludselig brød i brand, og svandt ind aske. Selvom vi ikke meningen, at både Virginia og jeg faldt tilbage og brød cirklen.

Vores heks ven lo og lænede sig tilbage. "Du er heldig, det blev gjort. Du har måske har ødelagt det eller fået os ondt, klodsede piger. «Hun kiggede allerede over på Virginia og var flyttet over til hende. Hun begyndte at kysse hende dybt og rev hendes kjole åben let fra fronten. Hendes fingre gned over piger brystvorter, og gjorde hendes klynken.

"Amelia! Jeg ... Jeg kan ikke ... mine brystvorter er så ømme fra i aftes. "Hun insisterede, men hælder sit hoved til at kysse hende igen på en desperat en rodet måde.

Jeg hørte en lastbil komme ned til vejen og gispede. Tyler og hans familie! "I to kom ud!" Jeg vrissede på dem og smed min sjal på Virginia, så hun kunne dække sig selv. "Skynd dig!"

Amelia kom på hendes fødder og hjalp den unge pige op. "Åh, fint fint. Du er heldig, jeg gjorde det for dig! "Hun lænede sig ind og kyssede mig dybt, slikke mine læber legende. "Du bliver nødt til at fortælle mig om det, Mary.« Hun smilede, og smuttede derefter til venstre ud af laden hurtigt med Virginia og bogen. Jeg følte næsten ondt af, hvad der kan ske med den unge pige i aften, men jeg tænkte mere på, hvad der ville ske for mig.

Senere på aftenen efter Tylers forældre satte ham af ved mit hus for at hænge ud, endte vi i stalden.

"Hey, Mary ..." Han kiggede på mig. Faktisk, kiggede han vakte med, hvordan han åndede og stønnede let her og der.

"Ja?" Jeg mumlede og satte mig tættere på ham.

Han nåede over og begyndte at kysse på min kind, selv stønnede bare lidt. "Jeg har prøvet at holde mine hænder fra dig hele aften. Men jeg kan ikke. Jeg ved ikke, hvorfor, men jeg har brug for at føle dig ".

Virkede det?! Jeg grinede lidt og nikkede. "Gør hvad du lyster, Tyler." Jeg spreder mine ben lidt, så min kjole kom op til mine lår. Jeg havde aldrig været sammen med en mand før, men jeg var så ivrig og temmelig selvsikker.

"Farm piger er så slutty ..." Han grinede til mig og derefter lænede han sig ind og kyssede mig temmelig groft. Hans hånd kom op og begyndte gribende mine bryster, hvilket gør ondt allerede. Han flyttede derefter mellem mine ben og løftede en op, så hans midten røre min. Da vi kyssede og stønnede mod hinanden, begyndte han at fremstøde imod mig, gnide bule af hans jeans mod mine klæbrige trusser.

"Oh! du føles så stor... "Jeg stønnede åndeløst og trak mine trusser til side.

Jeg straks sad tilbage og sprede mine ben bredt til at tage et kig på min fisse nu. "NNG, fuck." Han hev mine trusser af og smed dem over kanten af loftet uforsigtigt. Så nåede han op og tvang toppen af min kjole ned med en bevægelse. Mine bryster hoppede frit, og han var straks bidende og suttende på dem. Hans fingre hurtigt gnides mod min fisse og forårsagede våde klistret lyder, som han bredte min ophidselse rundt og fik den til at sprøjte lidt, da han trykkede hårdt ned.

"Ah, d-du er så stærk ..." Gispede jeg, bøjede min ryg, jeg nød hans berøring. Jeg rystet mine hofter på en måde, så hans fingre nogle gange ville glide inde i min trængende slids, som om han drillede mig.

"Jeg ved det.« Han svarede selvtilfreds. "Jeg har aldrig tænkt på dig som dette før. Men nu ... der er bare noget om dig og det gør mig så hårdt. "Han lænede sig tilbage for at vise mig sin bule i hans jeans, hvilket gør dem stramme. "Det gør ondt. Du bør tage den ud. "Han gav et smilende grin og placeret en af mine hænder på forsiden af hans bukser.

Jeg følte hans pik dunkede under stoffet, og jeg kunne ikke tage det længere. Jeg greb det lidt til at føle det, og jeg kunne fortælle allerede, at det var stort. Jeg hastigt lynede hans bukser og hev dem ned sammen med hans boxershorts. Den længde, der affjedrede ud skulle være mindst 20 cm og temmelig tyk. Jeg lænede mig frem og næsten instinktivt begyndte at slikke op ad siderne og til hovedet, hvor jeg sugede let. Min tunge havde nysgerrigt fundet den udtalte højderyg omkring hans tip, og jeg begyndte at sutte og skubbe min tunge omkring det.

Det fik ham til bukke i hans hofter og jamre lidt højlydt i af nydelse. Før jeg vidste af det, havde han sin hånd på bagsiden af mit hoved, og jeg var helt nede med hans pik i min hals. Mine øjne mødte hans, og han grinende med selvglad tilfredsheds smil som han hørte mig gagge og klynke mod ham.

Jeg gispede skarpt og stønnede, slik mine læber. "Mn, det smager så godt." Jeg stønnede ud, og lænede mig for at få mere.

"Nej" Han stoppede mig og skubbede mig tilbage. "Du fik det våde, og nu jeg vil have dig på dine knæ med røven ud." Han kyssede mig fast og derefter bugserede hans læber ned min hals.

Jeg vidste præcis, hvad han ønskede, så jeg nikkede og vendte rundt. Jeg faldt næsten om på siden, fordi jeg var så ivrig. Jeg holdt på en træ skinne foran mig og sprede mine knæ fra hinanden. Min fisse dryppede med klæbrig ophidselse ned på gulvet og på mine lår. Jeg var mere end klar til ham at tage mig.

Jeg havde ventet alt for længe på min første pik. "Vil den ting passe?« Jeg spørgsmåls-tegn, stadig en smule bekymret på grund af hvor stor han virkede.

"Heh, åh ja. Den vil passe. "Han forsikrede mig, og jeg kunne mærke hans hoved gnider mod mine nedre læber fast. Han sørgede for at presse hårdt nok, at det drillede forfærde-ligt tanken og fornemmelsen af penetration. Det ville svirp op til min klit og tilbage ned til min indgang. Så skubbede han hårdt og skubbede sig dybt ind i min kusse. "Shit! Du er virkelig jomfru. "Han lo lidt, helt tilfreds med sig selv. "Så det gør dig til min, ikke sandt?« Han lagde sine hænder på begge mine kinder og gav den ene en fast lussing for at gøre det jiggle og hoppe.

Jeg råbte skarpt og så højt, at min stemme næsten blev hæs. Jeg bukkede tilbage mod ham, begynder at kneppe ham, før han selv kunne bevæge sig imod mig. "J-ja. Jeg ... mn! Det gør ondt ... du strækker mig, men det er så godt! "Jeg stønnede højlydt.

Han stønnede med mig, dybere og tættere på grynt at min lille klynken og græder. "Du vil passe mig så perfekt efter dette, Mary!" Han grinede. Jeg kunne høre det i hans stemme. Hans hofter afhentet tempo, og han kneppede mig så hårdt, at han skubbede mig op mod rækværket jeg holdte fast i.

Magi eller ej, det var forbløffende, og jeg vil vædde på at han ville komme tilbage efter mere. Nu havde jeg ham, når jeg ønskede det. Jeg fik det næsten dårligt for at manipulere ham som denne, men måske dette var alt, hvad han havde brug for, alligevel. Lidt magi gjorde ikke ondt, vel? "Jeg vil komme!" Jeg krummede min ryg, stønnede af nydelse hver gang han ramte det perfekte sted inde i mig, da han kom så dybt som han overhovedet kunne.

"Mn! Godt! Jeg vil komme inde i dig. "Han stønnede og begyndte at løfte mine knæ ud af jorden hver gang. "Kan ikke vente med at se min sæd dryppe ud af din lille fisse."

Jeg var ikke sikker på, om dette var, hvordan han bar normalt under sex, men jeg kunne ikke rigtig klage. En mørk side af mig elskede denne fordærvede handle i min families laden med en mand, der ikke anede, han var under indflydelse af Amelias magi. Jeg kunne mærke mig selv spændt op og dunke over hans tykke længde som det bankede mig desperat forsøg på at få mig til at komme foran ham. Det virkede før jeg klemte ham behageligt som jeg kom hårdt og sprøjtede mod hans pik, kun nogle af det drypper ud fra den tætte forsegling han gjorde inde i mig. "Oh! Fantastisk! "

Han mistede kontrollen og bankede ind i mig uden tanke, indtil han kom hårdt. Jeg følte hans varme sperm fylde mig op indtil han blev tvunget til at dryppe ud, især når han trak sig tilbage. Han stønnede tungt og faldt på knæ. Hans pik var stadig hård og trækninger, da hans sperm løb ned det og over sine brugte boller. "Shit, Mary ..." Han stønnede og begyndte at stryge hans følsomme længde. Hans krop rykkede lidt, da han rørte ved sig selv.

Efter et øjeblik jeg komponeret mig selv og hævede mine hofter lidt op, ved hjælp af mine fingre til at sprede mine læber. Jeg stønner som jeg skubber og nogle af hans sæd ud for ham at se. "Det er så meget. Vidste du virkelig du frigiver så meget? «Jeg stønnede ud.

Han rakte ud og vendte mig rundt, kyssede mig dybt. "Mn ... ja. Jeg har ikke spillet den af i nogle dage, og du føltes så god. "Han holdt min krop mod ham og tog min hånd til at begynde strøg ham selv. Han forblev selv hårdt!

Jeg lænede mig mod ham og begyndte at kysse dovent på hans hals. "Kan vi gøre det oftere? Ville du besøge mig? "Jeg mumlede nysgerrigt.

Han nikkede. "Jeg ville være dum at give op fisse som dette." Han smilede til mig og puffede mig. »Og ... jeg kan godt lide dig. Jeg ved ikke, hvorfor vi aldrig har hængt uden for din by ture indtil nu. "Som han talte, han henkastet nåede ned mellem mine ben og strøg sine fingre langs min våde slids. "Jeg ved ikke, hvad der kom over mig denne gang."

Det var næsten for lækker til at høre ham tale sådan. Jeg vidste præcis, hvorfor han var her med mig nu, og jeg var ligeglad om årsagen.